尾崎紅葉の百句

高山れおな

もう一つの明治俳句

ふらんす堂

目次

編集附記

一、尾崎紅葉の俳句および散文の引用は、原則的に『紅葉全集』（十二巻＋別巻　岩波書店　一九九三〜九五年）を底本とする。

二、尾崎紅葉には生前刊行の単行句集が無く、没後に編集された三冊の句集（『紅葉山人俳句集』『紅葉句帳』『紅葉句集』）には、句形や表記に異同がある場合がある。紅葉自身が編集・校正した『俳諧新潮』（紫吟社や秋声会のメンバーの句を主としたアンソロジー）収録の句については同書に従い、それ以外の句は初出その他を参照して、句形・表記を定めた。

三、清音表記された仮名には濁点・半濁点を補った。

四、ルビは読みやすさを考えて適宜に加除した。複数の読み方があり得る場合は、紅葉生前の刊行物での使用例を確認して選択した。なお、カタカナのルビは全て原句のママである。

五、判明するものについては句の下に発表年を記した。没年の明治三十六年の作など、一部は制作年である（初出が没後の刊行物である場合があるため）。

尾崎紅葉の百句

体量十貫目

わが痩《やせ》も目やすきほどぞ初袷

明治三十六年
（一九〇三）

1

俺の痩せ具合も見た目いい感じじゃないか、衣更えした袷がいかにも似合いだ――そんな句意になる。だが、前書に言う「十貫目」は三十七・五キログラム。壮年男性の体重として普通ではない。明治三十六年はじつは尾崎紅葉の死の年である。胃の不調に苦しむ紅葉は三月、ついに大学病院に検査入院し、胃癌と確定した。入院に付き添った弟子の泉鏡花は、〈肋骨《ろくこつ》などが露《あら》はれ〉衰えきった体を見て、〈居合《ゐあは》せた者《もの》が一同悄然《いちどうせうぜん》〉としたと証言する。〈わが痩も目やすきほどぞ〉は、親分肌の江戸っ子の強がり――その俳諧者流の表現に他ならなかった。

病中不把盃《びやうちゆうさかづきをとらず》。我をして月前《げつぜん》独り憂ひしむる勿《なか》れ

莫《も》留《る》非《ひ》涅《ね》の量増せ月の今宵《こよひ》也

明治三十六年
（一九〇三）

2

この年の中秋十五夜にあたった十月五日、紅葉は観月の宴を催す。牛込区（現・新宿区）横寺町《よこてらまち》の家には、硯友《けんゆう》社《しゃ》草創期からの古い仲間や弟子たち、総勢十名が会した。そこで揮毫したのが右の句文。紅葉が痛み止めにモルヒネを使い始めたのは八月末からで、当初の〈美妙《びめう》なる酔《ゑひ》心地《ごゝち》を覚《おぼ》える愉快《ゆくわい》〉が、使用を重ねるごとに逓減するさまを、「病骨録」で述べている。観月会の夜も代替薬としてヘロインを服用していた。これが最後と観念している〈月色《げつしよく》明《あきらか》〉な〈遇難《あひがた》きの良夜《りやうや》〉の感動を叫ぶようなモルヒネの要求に転じたところ、悲痛な可笑しみがある。

死ならば秋露のひぬ間ぞ面白き

明治三十六年
（一九〇三）

3

紅葉の辞世とされる句。死去の日、枕頭にあった盟友の角田竹冷《つのだちくれい》が辞世はないかと尋ねると、紅葉は〈今更辞世でもあるまい〉と断わりつつ、〈先ごろ〉詠んだ作として掲句を挙げたという。「露の乾ぬ間」は「露のひぬ間」で、特に朝顔に結んで束の間の儚さを表す成句だ。歌舞伎の『生写朝顔話《しょううつしあさがおばなし》』では〈露のひぬ間の朝顔を、照らす日影のつれなきに〉云々の琴歌が歌われる。芝居通の紅葉は当然これを知っていたに違いないが、掲句はからりとシンプルに、死ぬなら秋、それも露が乾かない朝のうちが気持ちが良くて結構だ、と言ったまでである。

床ずれや長夜のうつゝ砥《と》の如し

明治三十六年
（一九〇三）

4

床ずれの痛さは肌に砥石をかけられるようだ、眠れないこの秋の夜長——紅葉は正岡子規と同い年である。共に慶応三年（一八六七）生まれで、彼らがその年に達する満年齢は明治の年数と一致する。死の時も近い。紅葉が満三十六歳にわずかに足りない若さで死去したのは、子規が満三十五歳の一歩手前で逝ってから丸一年と一ヶ月後だった。とはいえ、病の様相はだいぶ違う。子規は死の六年前から歩行に困難をきたし、うち三年間は寝たきりだったが、紅葉が床を離れられなくなったのは最後の四ヶ月だけだ。掲句は死の九日前、十月二十一日の作。

寒詣翔るちん〱千鳥かな

明治三十六年
（一九〇三）

5

紅葉の終焉は十月三十日の深夜だった。掲句は八日前の二十二日の作。前日の床ずれの句と調子が異なるのはじつは画賛だから。友人の画家・斎藤松洲《しょうしゅう》が描いたのは、提灯と鈴を手に疾走する白衣の男で、紅葉追悼号となった「卯杖《うづえ》」第十一号の口絵に〈故紅葉氏絶筆〉として載る。「ちんちん千鳥」は、鳴き声を鳥の名に冠した古来の言回しで、男が鳴らす鈴の音に掛けた。去来に〈荒磯や走り馴《なれ》たる友鵆《ともちどり》〉があるように、千鳥は走る鳥でもある。寒詣《かんもうで》、翔《かけ》るの頭韻も効果的で、軽快な調べのうちに、寒中の夜参りの淋しい切迫感がよく出ている。

初桜これに命と彫刻《きりつけ》たり

明治二十三年（一八九〇）

ここでいちど時間を遡る。確認できる紅葉の最も古い句は、二世梅暮里谷峨《うめぼりこくが》『春色連理楳《しゅんしょくれんりのうめ》』の筆写本の奥書にある〈汗落ちて墨色にじむ夏書《ゲカキ》かな〉で、明治十七年八月二十二日付け。満ではまだ十六歳の少年は、汗みずくになってこの幕末の人情本を書き写したらしい。まとまった数の句が残るのは明治二十三年からで、紅葉はその前年、「二人比丘尼色懺悔」で文壇デビューを果たしている。掲句は、とある人物の批判的な投書に、俳句と短文で嘲弄的に応えた一連より。だが、そんな事情とはかかわりなく、明治の青春の一情景として無理なく受け取れよう。

明治二十二年八月、大阪八丁目寺町誓願寺に、
西鶴翁の墓に詣でゝ、

でゞむしの石に縋《すが》りて涙かな

明治二十三年
（一八九〇）

7

十代半ばから為永春水、式亭三馬、山東京伝といった江戸後期の戯作者たちの作品に親しんでいた紅葉は、明治十八年頃に西鶴本の存在を知り、次々に読破してゆく。そうした勉励は、紅葉二十代前半の傑作「伽羅《きゃら》枕《まくら》」や「三人妻」に結実する。紅葉が自らの西鶴熱を吐露した「元禄狂」は、俳句六句を含む俳文めいた随筆で、掲句はその結びに置かれる（初出では句の後に句点がある）。大の男が墓碑にすがって感涙を流す――のでは大仰に過ぎて俳句にならないが、我が身を卑小な蝸牛になぞらえることで感動を形象化し得た。蝸牛が涙の粒のようでもある。

陽炎や傾城《けいせい》の嘘は巧《たくみ》にて

明治二十三年（一八九〇）

8

紅葉の俳句のほとんどは人事に焦点があり、純然たる自然観照に徹する例は稀である。さらに、女性に視線を向けた句がかなり目につくのも、〝女物語〟の第一人者として不思議はない。ただ、句の出来栄えとなるとまた別の話で、掲句なども当り前の内容を平淡に叙して終わった印象。だが、掲句を発表したまさにその頃、才気と俠気で花街《かがい》を生き抜いた遊女の一代記「伽羅枕」の連載が準備されつつあったのであり、紅葉における俳句と小説の関係性を考える上からは、興味深い実例であることも確かだ。なお後年、「傾城→遊女」と推敲が施された。

●夕暮龍口の浜に逍遥して

天渺々海漫々ひよつこり一ツ松魚船

明治二十三年
(一八九〇)

紅葉は若い頃、自らの俳句を談林《だんりん》風と標榜したし、後代の論評もその観点からなされがちだ。当方はそこに多少の異見を持つが、詳しくは巻末の拙論に譲る。それはそれとして、掲句や次句などは談林風の名を冠してまず恥ずかしくあるまい。十二・七・五の字余り大破調は談林の同様の傾向に通じるし、〈ひよつこり一ツ〉もその謡曲調に類する。ただし、句意は明瞭であり、談林の一面である無心所着《むしんしょじゃく》的な要素はない。前書の龍口《たつのくち》は、神奈川県藤沢市の地名。次句ともども「我楽多《がらくた》文庫」「文庫」等に続く硯友社の機関誌「江戸紫」の第五号に初出。

●江見水蔭氏著剣客の巻末に附す

稲妻や二尺八寸そりやこそぬいた

明治二十三年（一八九〇）

前書の江見水蔭《えみすいいん》は硯友社の仲間。この年の夏、彼が書いた小説の原稿末尾に感想代わりに記されたのが掲句。〈ぬいた〉のは刀である。近世の打刀《うちがたな》の標準的な刃長《はちょう》は二尺三〜四寸。二尺八寸は十数センチ長い。その長い刀を、やっ、ぎらりと抜いたぞ！「剣客」は実際、武者修行中の主人公が雷雨を背に独り剣舞する場面で始まる。やはり硯友社同人の丸岡九華《きゅうか》は、掲句や〈天渺々〉の句に〈社中大笑《しゃちうおほわらひ》をした〉と回想している。硯友社はそもそも若者たちの文芸サークルであり、紅葉の俳句も、そうした場における丁々発止の言語遊戯に根を持っていた。

ぬれて来た文函に添へし杜若

明治二十四年
（一八九一）

11

美貌で快活なお銀と不器量ながら堅実なお鉄。対照的な姉妹の結婚を描く「二人女房《ににんにょうぼう》」は、〈芝露月町《しばろうげつちやう》の藤《ふぢ》の湯《ゆ》とある長暖簾《ながのふれん》を推分《おしわ》けて、「ぬれて来《き》た文函《ふばこ》に添《そ》へし杜若《かきつばた》」、と出端《でば》のありさうに現《あら》はれたる女子二人《むすめふたり》〉と軽快に幕をあける。雨空をぬって届けられた文函が濡れているなら杜若も濡れていよう。掲句は〈長湯《ながゆ》に磨《みが》ける顔色《かほ》のてか〳〵と赤《あか》〉い姉妹の瑞々しい若さのアナロジーとして文中にはめ込まれた。文函はやがて始まる縁談の暗示でもある。「二人女房」は言文一致体への変革途上の作品だが、俳句を使ったこの文飾自体は擬古文的。

24 — 25

ものゝふの片肌すゞむ夜《よ》的《まと》かな

明治二十五年
（一八九二）

12

川上眉山《びざん》の回想によれば、学生時代の紅葉はテニスやボート、ベースボールに興じ、〈足は非常に速い方〉だった。終生好んだのは弓で、明治二十四年に横寺町に移ってからは、近隣の神楽坂の大弓場《だいきゅうば》にしばしば通った。片肌脱ぎになって弓を引き、連れが射るのを眺めながら涼《りょう》を納《い》れるような経験は日常茶飯だったはず。紅葉の弓は下手だったらしいが、句の中の射手は颯爽としている。弓の句では他に、〈天に月地に尺的《しゃくまと》の今宵かな〉（明治二十九年）、〈案内《あない》する新樹の奥の射垜《アヅチ》かな〉（明治三十二年）など。尺的は径一尺の的、射垜は的の背後に築く土の山。

長子弓之助を喪ひて

乳《ち》捨《す》てに出れば朧の月夜かな

明治二十六年（一八九三）

前書は『紅葉句集』に拠り、句の表記は初出に従う。紅葉が喜久《きく》夫人と結婚したのは明治二十四年三月。二十六年一月十日に長男が生まれるが、五日後には夭折してしまう。乳呑児が死んで無用になった乳を搾り捨てる情景は、芭蕉七部集『冬の日』にある付合い、〈わが庵は鷺に宿かすあたりにて／髪はやす間をしのぶ身のほど／いつはりのつらしと乳をしぼりすて〉を思い出させるものの、〈出れば朧の月夜かな〉などと弛緩した調子では、とても芭蕉たちに及ばない。朧月の配合自体は哀切なモティーフに相応しているだけに詰めの甘さが惜しまれる。

武蔵野の星月夜とや除夜《ぢよやの》町《まち》

明治二十七年
（一八九四）

この町は具体的にはどこなのか。「武蔵野」（明治三十一年）の国木田独歩は、東京の西郊から小金井や登戸、立川にかけての多摩地区を主として武蔵野の残照を探る。一方の紅葉は、湘南には遊びに行くものの、多摩方面にはあまり足を向けた様子はない。〈除夜町〉は結局のところ東京なのだろう。東京には〈武蔵野は月の入るべき山もなし草より出でて草にこそ入れ〉と歌われたような面影は残らない。だが、空ばかりは往古に変わらぬ降るような星空ではないか……。除夜という一年の終わりの時間が、こうした感慨にふさわしい背景をなしている。

若水や三《さん》斗《ど》ばかりも墨磨らむ

明治二十八年（一八九五）

15

「俳諧有《あり》のまゝ」という文章中に出る。そこでの説明に混乱があり、明治二十六年の試筆の際の句なのか、二十八年のそれなのかはっきりしない。また、二十四年の読売新聞の新年詠には、〈墨すらば三斗《と》ばかりも若水に〉という同工の句が見えるが、改作形の掲句の方がベターだ。〈作者《さくしや》であるから、今年中《ことしちう》には大作《たいさく》を出《だ》したい。墨《すみ》の三斗《さんど》も費《つか》はう。その用意《ようい》をせねばならぬ〉というのが紅葉の自解。この場合の作者は小説家を意味する。二十代の紅葉は健康で意気に燃え、毎年、大作を出すつもりでいたはずなので、まあ、何年の試筆でもよいのである。

32 ― 33

腸《はらわた》の能《よ》くも腐らぬ暑《あつさ》かな

明治二十八年（一八九五）

16

紅葉の俳句作品は明治二十八年を境に急増する。明治二十五年の「獺祭書屋俳話《だっさいしょおくはいわ》」連載に始まる子規の俳句革新が実を挙げつつあったことへの対抗心、竹冷らと共に秋声会《しゅうせいかい》を興し、子規たち日本派に対峙する拠点を得たこと――こうした事情が背景にあるだろう。さて、掲句。この種の反実仮想的な誇張法を月並調として退ける向きもあるが、声調は強く張っており、実感も欠けていない。時代相応の古様な趣きこそあれ、まずは面白い句だ。初出の「俳諧有のまゝ」では、硯友社の仲間・巌谷《いわや》小波《さざなみ》の〈さりとては皮も脱がれぬ暑かな〉が句兄弟として並ぶ。

明日《あす》城《しろ》を抜く手いたはる榾火《ほたび》哉

明治二十八年
（一八九五）

17

〈城を抜く〉はやや漢文調の言回しで、「城を落とす」に同じ。描き出されるのは、夜営する軍隊の将兵が、翌日の城攻めを前に暖を取り、英気を養う場面。兵士たちの手に焦点を合わせながら言葉を緊密に組み立てた、非常に巧い句だ。初出は四月二十六日付けの読売新聞で、直前の四月十七日には、日清戦争を終結させる講和条約（下関条約）が調印されている。日清戦争では、平壌や旅順の攻略戦が戦われている。掲句の情景をそうした近代戦のものとするか、あるいは「二人比丘尼色懺悔」で描かれたような戦国時代のものとするかは読む側の自由だろう。

猿《さる》曳《ひき》の猿を抱いたる日暮かな

明治二十九年
（一八九六）

18

正月の或る日、一日の興行を終えた猿引きの男が、猿を抱いて宿所に帰ってゆくといった場面。人と動物の交情がいかにもやさしい。歌《うた》御《ご》会始《かいはじめ》の勅題「寄山祝《やまによするいはひ》」によって作った四句のうちの一句で、元旦の読売新聞に出た。もともと山のものである猿を詠んだわけだ。明治二十六年に「巌山亀《がんざんのかめ》」で詠んで以来、紅葉は勅題による句を毎年のように残している。角田竹冷なども同様で、天皇崇拝の念に篤かった明治人らしいふるまいだが、そこにはあるいは文学によって〝想像の共同体〟の形成に参与しつつある者としての自覚も関わっていたかもしれない。

狼の人喰《く》ひし野も若菜かな

明治二十九年
（一八九六）

19

狼は冬の季語とはいうものの、丈草の〈狼の声そろふなり雪のくれ〉や其角の〈狼の浮木《うきぎ》に乗《のる》や秋の水〉をはじめ、古句では他の季語に取り合わせる場合が多い。掲句もまた若菜との取り合わせ。明治中期には狼はほぼ絶滅していたわけで、〈狼の人啖ひし野〉という設定は、丈草や其角の句に比べると、いかにもフィクショナルではある。事件があったのを遠い昔とするか、数ヶ月前といった近過去とするかで印象は大きく異なろう。もちろん後者の方が暗と明、悲と喜の対比が強烈になって句のえぐみが増す。作者は後者のつもりだったのではないか。

春寒や日長けて美女の嗽《クチソヽ》ぐ

明治二十九年（一八九六）

20

明治三十一年の発表作に、「俳諧年恰好」と題し、旧作十三句を連作風に構成した一連がある。女の一生を年齢を追って詠んでゆく漢詩（古楽府《こがふ》「焦仲卿《しょうちゅうけい》の妻」など）の趣向を借りたもので、〈十四才　龍脳をおくる雛《ヒナ》のわかれかな〉以下、十五才、十六才……と続いてゆく。掲句は二十五才の句として登場する。この句自体にはまた、別のある有名な漢詩の面影も漂う。白楽天の「長恨歌」である。〈春宵《しゅんせう》は短きに苦しみ、日高《ひた》けて起く。此《こ》れ従《よ》り君王《くんわう》は早朝《さうてう》せず〉——この美女は、紅葉の小説に登場するような明治の女でありつつ、楊貴妃でもあるのだ。

星食ひに揚《あが》るきほひや夕雲雀

明治二十九年
（一八九六）

〈きほひ〉は漢字交じりに書けば「競《きほ》ひ」である。激しい勢い、気勢ということ。星が輝き始めた夕空へ雲雀が飛び立ったさまを、思い切った比喩で捉えた。村山古郷は掲句を含む数句を挙げて、〈擬人法のための擬人法〉を弄するものとして批判する。古郷の文章にはまた巻末の拙文で触れるとして、こうした批判自体が今やずいぶん時代がかって感じられる。一方、夏石番矢は掲句を〈大胆な想像を注入〉した作として賞賛する。当方が共感するのは番矢の方だ。なお、明治二十八年以前の句に、〈夕雲雀隠れしあとや星の数〉があり、これまた面白い。

梅雨の窓其《その》子《こ》の親も覗きけり

明治二十九年（一八九六）

遊びに出させてくれない五月雨空を恨めしげに見る子供。ふと気づくと、背後には親の姿も――何気ない微笑ましい日常スナップのようだが、親子が当時の比較的貧しい階級に属しているとすると話が違ってくる。彼らにあっては長雨は収入の途絶を意味し、経済生活の破綻に直結する。硯友社の仲間・広津柳浪《りゅうろう》の「雨」（明治三十五年）が、まさに長雨によって生ずる悲劇を描いた傑作だ。もちろん、掲句が描くのは休日の官員の親子なのかもしれない。こんな簡単な句でも、人物の階級や雨の程度をどう見るかで、情景のはらむ意味は大きく変化する。

端《はし》近《ぢか》に飯くふ人や青すだれ

明治二十九年（一八九六）

青竹を編んだ簾であれば古くなっていても青簾と呼ばれる資格はあるが、この句の〈青すだれ〉はまだ吊ったばかりのいかにも青々としたものであってほしい。そのすぐ向こうに食事をする人物の影が見える。簾越し、あるいは蚊帳越しの情景の描出は、肉筆画から錦絵まで近世絵画にはしばしば見られる趣向で、当然、難しいし手間がかかるから技巧の誇示という面がある。掲句の場合は、簾越しという言葉を使わずに、おのずと簾越しの景と受け取らせるところが技巧である。絵画的な構図のうちに、深まってゆく夏の空気を感じさせる好句だろう。

花に灑《そゝ》ぐ酒これほどか秋の雨

明治二十九年（一八九六）

24

随筆「雨見車《あめみぐるま》」に出る句。雨の中、人力車を駈って〈須崎村《すさきむら》なる某《なにがし》の寮《れう》〉を訪ねた一日を十の短章で綴り、各章の末尾には俳句が付く。須崎村とはつまり向島で、あたりの隅田川の堤は、近世以来の花見の一大名所である。ところがこの日は春の賑わいが嘘のようで、〈一川《いッせん》幻《まぼろし》の如《ごと》し、いたくも凄《すさま》じう荒《あ》れたる景色《けしき》〉だった。群衆する花見客が飲むおびただしい量の酒。それを空から降らせたらこんな雨になるか――随筆の文脈を踏まえないと句意を取りかねるところは弱点だが、陰々滅々とした冷雨を花見酒のイメージに重ねた発想は奇抜で痛快だ。

50 – 51

二日灸閨《ねや》に西施《せいし》の臂を嚙む

明治三十年（一八九七）

25

二日灸《きゅう》は陰暦二月二日に灸を据えると特効があるとする俗信。西施は呉王夫差《ごおうふさ》が滅亡する原因を作った伝説的な美女。「顰《ひそみ》に倣《なら》う」という成語のもとになった逸話の主人公でもある。掲句は、西施を詠んだとしても、西施に比すべき明治の美女を詠んだとしてもよい。句の興味は、〝白い背中を出し、俯せになった美人が腕を嚙んで灸の熱さに耐える図〟というところにあるのだから、どちらでも同じことだ。その時、彼女は眉を寄せて顔をしかめてもいよう。その表情がつまり「顰」である。なお、臂はヒジとも読めるが、本人が嚙むのだからウデが妥当。

行《ゆく》雁《かり》の思ひ切たる高さかな

明治三十年
（一八九七）

雁が北へ帰ってゆく、思い切り高いところを飛ぶもんだなあ——高さへの印象が〈思ひ切たる〉の表現となったわけだが、春の雁をめぐる伝統的な含意も重ねてあるかもしれない。古今集にある伊勢の〈春霞たつを見すててゆく雁は花なき里に住みやならへる〉以来、帰雁には、これから咲く桜を見ずに北へ去ってしまうものというイメージがつきまとう（〈花よりも団子やありて帰る雁　貞徳〉はその典型的俳諧化）。〈切たる〉をキッタルと読めば純然たる高さの強調に傾き、キリタルと読めば花に対する思いを切るというニュアンスが生じるように思うが如何。

雉子の尾に良狗の額飾らばや

明治三十年
（一八九七）

27

良狗《りょうく》は良き猟犬。「狡兎《こうと》死して良狗烹《に》らる」という諺があるように漢文趣味の強い言葉だ。句末の〈ばや〉は願望の終助詞。よく働いてくれた犬の額を、雉子の尾で飾ってやりたい——この時期、紅葉は下手の横好きで銃猟に凝っていた。片瀬海岸に住む江見水蔭のところへ仲間数名と猟にやって来たはいいものの、〈殆ど百発百不中〉だったという。掲句は、実際にはとても雉子など撃てないへなちょこハンターが、俳句で描いた夢の情景なのだ。帽子ならともかく、犬の頭を雉子の尾で飾るとはかなり無理やりだけれど、そもそも夢なのだから……。

日高きに垂れたり蚊帳の黄《きば》めるを

明治三十年（一八九七）

麻の生成りの色だった蚊帳を、萌黄色《もえぎいろ》に染めるようになったのは江戸前期の近江商人・二代西川甚五郎《じんごろう》の工夫に始まるという。その萌黄の蚊帳つまり青蚊帳が古び、黄ばんでしまったところを、倒置法を使った重い調子で詠む。朝には外す蚊帳を昼日中まで吊ったままにし、しかもそれが目立つほど色褪せているという状況は、その蚊帳の主の為人《ひととなり》または暮しぶりについてさまざまな想像を喚起する。そうした意味では、物語の予感をはらんだ句とも言えようか。ちなみに紅葉初期の小品「わかれ蚊帳」は、題名通り、蚊帳が重要な小道具になった哀話。

断崖《キリギシ》をおろかに長き清水哉

明治三十年
（一八九七）

現代語の「おろか」は、まずは賢明でないという意味の「愚か」である。その伝《でん》で行くと、〈おろかに長き〉は擬人法的なニュアンスを帯びるが、古語の「おろか」は本来「疎か」であって、いいかげんとか大雑把といった意味の方が主。掲句の場合もそうだ。高い位置に湧き出た清水が岩肌を長々と流れ落ちるさまを仰ぎつつ、なんとなく粗大で間の抜けた印象だと言ったのだが、言葉の裏側にはもちろん嘆賞の気持ちも貼りついていよう。我に返って滴りに寄り、渇きを癒すならば、〈絶壁に眉つけてのむ清水かな　松根東洋城〉というシーンになる。

雨来《きた》らんとして頻《しきり》に揚がる花火哉

明治三十年
（一八九七）

昼の花火もあるけれど、素直に夜の大花火の景と読んでおく。日中から雲行きが危ぶまれていたところが、いよいよいつ降り出してもおかしくない気配。その前に用意の花火を使い尽くしてしまおうと、花火師たちが打ち上げのペースを早めた、といった状況が想像される。雨意をはらむ生ぬるい夜気、降る前に帰るか見終えてから帰るかとそわそわする人々の息遣い、矢継ぎ早やに開いては空を白熱させる花火。焦燥に満ちた空間と時間を的確に描出している。なお現在、大花火は夏の季語とされる場合が多いけれど、紅葉は秋の句として詠んでいる。

南天の実のゆんらりゆらりと鳥の起《た》つ

明治三十年
（一八九七）

31

初出の読売新聞（十月十一日）では中七が〈実のゆんらりと〉であったが、直後の岡田朝《あさ》太《た》郎《ろう》宛書簡（十月二十八日）で掲出の形になり、翌年三月の「文芸倶楽部」もそれを踏襲する。〈ゆんらりと〉から〈ゆんらりゆらりと〉へと推敲され、決定したわけだ。初出形なら五七五で〈南天の／実の〉と句跨りになるのに対し、推敲形では〈南天の実の〉までをひと息に七八五と読むことになるか。暫時、南天の枝を揺らして実を啄んでいた鳥が飛び立った。それだけのことだが、下五の〈鳥の起つ〉の転調が鮮やかで、上へ帰って南天の赤の印象を強めるようだ。

64 — 65

初冬や髭そりたての男ぶり

明治三十年
（一八九七）

硯友社の面々は美男揃いとされる。特に水際立っていたのは川上眉山で、巌谷小波や江見水蔭も相当なもの。紅葉は色浅黒く、美男子というより好男子タイプだったらしい。それはさておき掲句。自分の顔を鏡に映して喜んでいる図とも読めば読めるが、それでは間抜けである。むしろ、髭を剃ったばかりの肌に心地よい、初冬の空気の皮膚感覚こそが焦点だろう。日本派のホモソーシャルなありようはつとに指摘されるが、硯友社とて基本的には同じ。その意味で掲句にも、自分を詠んだというより自分たちの気分を詠んだという気味合があるように思う。

鯨寄る浜とよ人もたゞならず

明治三十年（一八九七）

33

初出の読売新聞では〈鯨寄る浜とよ空もたゞならぬ〉だが、『紅葉山人俳句集』以下の没後の句集では右の形となっている。やや不審ながら掲出の形を採っておく。句意は——ここは鯨が獲れる浜だとか。荒々しい命がけの仕事をしているだけに、体軀といい面構えといい、住民たちもただならぬ様子だ——昭和に入ると捕鯨は南氷洋まで遠征して行うものになるが、従来は陸に寄って来る鯨を追い囲んで捕った。明治二十四〜二十五年に刊行された幸田露伴の『いさなとり』には、長崎県生月島《いきつきじま》における捕鯨の描写があり、着想源になったかもしれない。

化物体

霜やけの生《いき》血《ち》踏みたる廊下哉

明治三十年
（一八九七）

前書の化物体《ばけものたい》とは、幽玄体《ゆうげんたい》や拉鬼体《らっきたい》といった和歌の分類に倣った趣向。蕪村一派が句会で「化物づくし」の探題を試みた例もある。その時の蕪村の作は、〈雪隠《せっちん》の秋におどろく尾花哉〉。化物かと思ったら尾花だったというわけだ。掲句も、気味の悪いものを踏んだら血だった、誰かの足が霜焼で出血しているのだろうというのだから、驚きの正体を明かして終わる点では、同じ構造をしている。弟子の鏡花と異なり、紅葉は奔放な幻想家ではない。化物体などと振りかぶって見せつつ、ここにあるのはやはり、紅葉一流のリアリズムに向かう視線ではないか。

蛙恨を呑みて草むらに蛇の衣《コロモ》を裂く

明治三十年
（一八九七）

35

この年、紅葉は「国民之友」誌の附録に、「俳諧《はいかい》嚼《しゃく》鉄《てつ》」二十四句を発表。うち十九句を、翌年刊の作品集『黄《は》櫨《じ》匂《におい》』に、解題の短文付きで収録した。以下にそのうちの四句をとりあげる。それらは全て、五七五律を無視した長律になっている。掲句も二十四音。じつは二十頁の句も二十四音だが、あちらは十二・七・五で、あくまで五七五律の字余り。掲句は一種の自由律だろう。蛇自体には復讐できない無力な蛙が、蛇の抜殻に〈恨《うらみ》を〉ぶつけている。親兄弟や子供を蛇に食われたか。なんにせよ種族の敵には違いない。奇怪な小動物のドラマである。

画《ゑ》をかき字をかきて長松《ちやうまつ》が扇終《つひ》に黒し

明治三十年
（一八九七）

36

「俳諧嚼鉄」の嚼鉄を読み下せば〝鉄を嚼《か》む〟。『黄櫨匂』の短文は、〈一夜満腔《まんかう》に句を生じて吐き得ず、此時《このとき》十七字の桎梏《しつこく》その苦《くるし》み寧《むし》ろ死を念《おも》はしめむとす〉という一文から始まる。以下の記述によれば、異常な興奮のうちに、二十余句を一気呵成にものしたらしい。掲句の長松は、近世の商家で丁稚の少年につけられることが多かった通称。丁稚小僧が白い扇子にあれこれ落書きするうちに、ついに真っ黒にしてしまった――紅葉は揮毫が大好きだった。掲句はあるいは、自身の子供時代の思い出を、丁稚の少年に仮託して述べているのかもしれない。

道《ミチ》辺《ノベ》の石に小《チサ》き額を鳩むるは黐《トリモチ》搗《ツ》く也

明治三十年（一八九七）

37

〈鳩むる〉はアツムル。「俳諧嚼鉄」の句は見かけは異様だが全て有季。掲句の季語は「黐搗く」で夏だ。高浜虚子『新歳時記』の〈農家の子供等が蠅や蜻蛉などを捕るのに、石でもちの木の皮を搗いて黐を造つてゐるのを見ることがある〉という説明をそのまま句に仕立てた趣き。無論、〈道辺《ミチノベ》の石〉はある程度大きな石で、それを台にして別な石で搗くのだ。修辞上の見どころは〈小《チサ》き額を鳩むるは〉という換喩的な表現で、下五にかけてズームインする視線の流れがいい。長松の句と同様、自身の幼年期の景かもしれず、またそう読めば味わいが増す。

76 ― 77

場末に玄関傾けども仁《ジン》なり香薷散施す

明治三十年（一八九七）

38

香薷散《こうじゅさん》は暑気払いの薬。「医は仁術」の格言そのままに、貧しい人からは金を取らずに薬を出してやる医者なのだろう。国民皆保険制度が成立するのはまだ六十年先の話。お蔭で医者自身も玄関を直せないほど苦しい暮らしぶりだ——「俳諧嚼鉄」の句の特徴は結局、小説性にある。それも小説的な暗示ではなく、わずか二十数音ではあっても小説として言い尽くす超ショートショートになっている。明治中期最強のストーリーテラーだった紅葉にはそんな試みをする必要はなかったはずだが、逆に言えば紅葉の俳句に対する本気の表われと考えられよう。

渾沌として元日の暮れにけり

明治三十一年
（一八九八）

「太陽」の明治三十一年新年号に初出の際は、〈元日の混沌として暮れにけり〉だった。五年後の「文芸倶楽部」明治三十六年新年号での再出も同じ形。それが同年の九月、死の一ヶ月前に刊行された『俳諧新潮』では、掲出の形に改められた。推敲がなされたのは、胃癌の宣告を受け、病勢がいよいよ募りつつあった時期にあたる。岸本尚毅は、この改変により〈「混沌」が強調され〉ると指摘する。元日という季語は、新年・年立つ・初春などに比べ、すでに近世のうちから、祝意一辺倒でない、モダンな感触の作例に富む。掲句もその系譜に連なるもの。

大破して蜂の巣懸けし鐘楼かな

明治三十一年
（一八九八）

40

下五の〈鐘楼〉はこの場合、ショウロウではなくシュウロと読む。柱傾き、屋根歪み、瓦は落ち、と荒れ果てた様子の鐘楼が建っている。長らく鐘が撞かれることもなく、アシナガバチが軒下に巣を作り、あたりには我が物顔で飛び廻るその影が絶えることがない——一見、写生風だがおそらく違う。「三人妻」には、葛城余五郎の愛妾の一人・お才が、浮気の罰に、〈宛然《さながら》相馬《さうま》の古御所《ふるごしょ》〉のような荒廃した別荘に幽閉されるエピソードがある。この〝大破した鐘楼〟もその種の〝場面〟であって、蜂という題（掲句は、春の句）に応じて設定されたのだろう。

雨を帯びて麗はしの粽《ちまき》到来す

明治三十一年
（一八九八）

粽を包んだ笹の緑が目にしみるようだ。嵐雪の〈文《ふみ》もなく口上《こうじやう》もなし粽五把《ごは》〉は、形式ばらないやり取りに贈る側・贈られる側の交情のゆかしさを暗示するが、贈られた粽の物としての鮮やかなありように注目し、それを受取る喜びをごく素直に流露させると掲句になる。紅葉は健啖家にして美食家だった。病床に就いてからの子規の健啖がそれ自体病気との戦いだったのに対して、この時期の紅葉の美食は純然たる快楽である。そういえば子規には、〈あはれさは粽に露もなかりけり〉（明治二十八年）という、紅葉の作とは真逆とも言える句もあるのだった。

宵月に船頭泳ぐ揚《あげ》場《ば》かな

明治三十一年（一八九八）

42

揚場は船荷を陸揚げする場所。海か川かはわからないが、一日の仕事を終えた船頭が、水に飛び込んで泳ぎ回りながら汗を流している。おそらく当時はこんな光景はいくらでもあったに違いない。一読して金子兜太の〈まら振り洗う裸海上労働済む〉という昭和中期の句（一九五四〜五五年）を思い出すが、遥けくも来つるものかなの印象を抑え難い。もとよりそこには、六十年近い時差と、その間に俳句表現が経た幾変転かがある。なお、紅葉は二年後に上五を〈宵の月〉と推敲しているが、初出の形の方がベターだろう。文字遣いは『紅葉句集』に拠った。

夕蟬や松も簾もみな赤き

明治三十一年（一八九八）

43

硯友社内の俳句結社である紫吟社《むらさきぎんしゃ》の句会で、「赤」の字を課題として詠まれた。句意は明瞭。夕焼け空からさしてくる西日があたりを赤く染め、蟬が鳴きしきる。夕蟬と言ってもヒグラシやツクツクボウシなど秋の蟬ではなく、あくまで夏蟬だ。夏目漱石の「それから」（明治四十二年）は、主人公・長井代助の追い詰められた心理を、〈仕舞には世の中が真赤になつた〉と述べて終わるが、掲句の〈みな赤き〉も、さりげないながらに近世の俳諧とは異なる感覚を示していよう。もちろん代助の苦悩はここにはない。あるのはただ閑雅な放心の時間である。

天の川地に提灯の一つ行く

明治三十一年
（一八九八）

言葉に難しいところはないけれど、この〈地〉をどうイメージするかが問題だろう。当方としては、やや引き気味のアングルで、空には〈天の川〉が大きく白く横たわり、地上にはポツンと提灯の光が見える他は、明かりらしい明かりのないような田舎道が望ましいと考える。重要なのは、自分（たち）が提灯を持っているのではなく、提灯が或る距離をもって視野のうちにあることだ。淋しい光景のはずが、〈一つ行く〉というすっと背筋の伸びた措辞があまり淋しさを感じさせず、むしろ悠々たる幻想的な味わいを生んでいる。これも紫吟社の句会での作。

寂しくも鳩吹きながら見えずなンぬ

明治三十一年
（一八九八）

45

紫吟社の句会では、難題で作句することがしばしばあったといい、掲句の「鳩吹く（鳩笛）」もそうかもしれない。両方の掌を合わせてボーボーと鳩が啼くように吹き鳴らすことだが、山鳩を獲る時に吹くとも、猟師が鹿を誘い出すために吹くとも言って、正体不明の季語だ。鳩笛自体は子供でも吹けるわけで、掲句で〈鳩吹きながら〉見えなくなってしまったのは、職業的猟師なのか、遊びで吹いている子供や若者なのか。確定はさせようがないものの、〈寂しくも〉を重く取るなら前者がよく、其角の〈鳥雲に餌《ゑ》さし独《ひとり》の行衛《ゆくへ》哉〉に通じる趣きとなる。

蕈《くさびら》に深山《みやま》のおどろ〳〵しきを思ふ

明治三十一年
（一八九八）

46

初出は〈菌に〉だが、『俳諧新潮』の〈蕈に〉の用字に従う。ルビは明治三十二年十一月の「活文壇」で〈菌《くさびら》に深山《みやま》の〉とあるのに拠る。菌も蕈もキノコとも読めるが、それでは上五が字足らずとなる。中七以下が破調なのだから、滑り出しは五音で安定させたい。茸狩に行った誰かの赫々たる収穫物を見せられている、といった場面。形も色も大きさもさまざまなまだ土の付いた茸を見て、それが生えていた場所を気味悪く想像している。どこまでも都会っ子だった紅葉における自然との距離感を、それ自体として句にしているところがユニークだ。

揉《もみ》砕《くだ》く蔦や憂かりし人の紋

明治三十一年（一八九八）

47

「そのおもかげ」という、俳句十一句のそれぞれに短文を添えた作品より。掲句は、恋する〈若い女〉の〈歎《なげ》きのはじめ〉を描いたものらしい。紅葉はかつて、〈切れてしまへば他人だけれど兎角《とかく》他人がなつかしい〉といった都々逸《どどいつ》を作って喜んでいる軟派学生だった。短文にはそんなノリが蘇っているし、俳句の方にも歌謡的な調子があるが、〈揉砕く蔦〉という圧縮された首部から後半部への、流れるような展開の呼吸はみごとだ。当時の人にとって家紋はもちろんごく日常的な存在。蔦を文様化した家紋には、「蔦」「丸に蔦」「鬼蔦」などがある。

96 — 97

ひやひやと売れぬ鯷《ヒシコ》の夕栄す

明治三十一年（一八九八）

48

ヒシコは片口鰯の別称。真鰯、片口鰯、潤目鰯の総称としての鰯の句はもとより珍しくないが、ヒシコとなると例句も少なく、歳時記にも単独では必ずしも立項されない。店仕舞いも近い時間になっても売れ残っているヒシコの銀色の腹が、夕日に染まっている。日の色も魚の肌の照り返しも冷え冷えとして、秋もすでに深いのだと感じた……。日本派の写生と変わらぬ淡々とした詠み口と見えるが、〈鯷《ヒシコ》〉という具体的な魚種の選択や、〈売れぬ〉と〈夕栄す〉の対比による効果といったあたりに、作者としては期するところがあったのではあるまいか。

98 — 99

山《さん》霊《れい》雲を餞《はなむ》くる鷹の別《わかれ》哉

明治三十一年
（一八九八）

季語は「鷹の山別《やまわかれ》」で秋。近年、正木ゆう子らが「鷹渡る」の季語で意欲的に作句しているが、そちらはサシバが南方へ帰るのを主に、北方からの渡りも指す（いずれも秋季）。鷹の山別はこれと異なり、鷹の雛が成長して親許から巣立つこと。山中深く進行する自然のドラマを紅葉が目撃することはありえず、例によって難題に挑戦しての題詠である。山霊（＝山の神）の手向けの雲と競うような若鷹の大空への飛翔を、二十音の重々しい破調で叙した。漢詩文では、雲は山中の岩から生まれると観念されている。紅葉はそれも意識して、こう詠んだか。

うつくしき妻驕り居る火燵かな

明治三十一年
（一八九八）

50

「驕」の字による題詠。数えの十九で、これも数えで二十五の紅葉に嫁いだ妻の喜久は、写真を見ると、実際、美人である。しかし、食道楽の上に原稿は深夜に書き、明け方床に入る紅葉は、〈夜夜中《よるよなか》でも何でも構はず食物を拵《こしら》へさせては食べ〉たというから、どうして〈妻驕り居る火燵〉どころではない。紅葉は夫婦関係においては典型的な亭主関白だった。紅葉の小説中に該当者を探すなら、「夏痩」（明治二十三年）の副主人公・藤村ゆかりがいる。大名華族の令嬢で美人で早熟。結婚前にもいろいろあり、結婚後はまさにこの句の妻のごとくであった。

▲対レ食
失帰《しつき》之《の》妖《えう》と年は経《へ》ぬべき吾願《わがねがひ》ならねど、
日の春の明けてはさすがに、

太箸の鶴にあやかる想《おもひ》あり

明治三十二年
（一八九九）

51

前書は初出に拠り、句の表記は『俳諧新潮』に従う。初出は「太陽」誌で、衣食住を詠んだ新年詠三句のうち食の句に当る。失帰之妖とは、百二十歳を超えて生きた伝説的な長寿者たちに対する批判的な評言（「五雑組《ござっそ》」）。百二十年も生きたいわけではないが、太箸を手に雑煮の膳に向かうと、鶴は千年にあやかって長生きしたい思いになる――紅葉は明治二十九年に最高傑作「多情多恨」をものし、明治三十年一月一日からは「金色夜叉」を読売新聞紙上に連載しつつあった。名声が絶頂に達すると共に、〈例の慢性胃病〉による体調不良が始まっていた。

山荘客を見ずて大臣の試筆哉

明治三十二年（一八九九）

52

現在でも老舗の温泉旅館などで、伊藤博文や副島種臣ら維新の元勲が筆を揮った扁額の類いを見かけることがある。毛筆の文化が生きていた明治時代には、正月休みに山荘に閑居して試筆を楽しむ掲句のような大臣は、実際にいたはずだ。また、王維の輞川荘《もうせんそう》や白楽天の廬山草《ろざんそう》堂《どう》のように、中国の文人には大臣級の地位に到り、かつ有名な山荘を持っていた例もある。紅葉自身も揮毫好きで、晩年には富豪貴顕とも交際する社会的名士であった。書と漢詩文と立身出世——掲句が描くのは、明治的な文化・価値観を背景にした一種の理想的人物像であろう。

注連の内狂士の蒲団被《かづ》くあり

明治三十二年（一八九九）

〈注連の内〉は松の内に同じ。〈狂士〉は、否定的に評すれば気ばかり大きくて実行を伴わない人物であり、肯定的に見れば世間の規矩に縛られない自由人だ。硯友社周辺の文学志望者は大なり小なり狂士的な人間であり、徳田秋声や田山花袋など、この時点ではほぼ狂士そのものだったのではないか。だらしなく寝正月を決め込んで日を送る掲句の人物に対する視線は、そんなわけで決して冷ややかではない。圧倒的に用例の多い松の内でなく、あえて注連の内としたのは、時間的な区切りのみならず、空間的な結界のニュアンスをも期待してのことだろう。

辻待の車置いたる雪間かな

明治三十二年（一八九九）

54

この車は、自動車ではなく人力車である。春の雪が解けたり、片付けられたりして地面が黒く顔を出したところ（＝雪間）に一台の、または数台の人力車が梶棒を下ろし、客待ちをしている。人力車が使われていた時代（ほぼ大正期一杯）をよく知る山口青邨（明治二十五年生）の評を引こう。〈車夫は車の蹴上《けあげ》に客にかける膝掛をかけて、ちょこんと腰かけている。俥はボディー・車輪・梶棒・幌みな黒く、車夫の服装も黒かった。それが雪の間にあるのは印象的だ〉――いや実際、川瀬巴水《はすい》らの新版画にあってもおかしくないような、印象鮮明な絵ではないか。

舞踏の人薔薇《ソウビ》花前に語るかな

明治三十二年
（一八九九）

55

いわゆる鹿鳴館時代は明治十六年から二十年にかけて。それはあたかも硯友社の草創時代に当るが、彼ら文学書生たちには鹿鳴館で開かれる舞踏会や祝宴は遠い雲の上の話だ。また、紅葉が華族階級の腐敗や浮薄な欧化主義に批判的であったことは、先にふれた小説「夏痩」などからわかる。ではあるが、掲句には舞踏会や〈舞踏の人〉に対する否定的な感情はうかがえない。この句の世界に近いのは、そう、芥川龍之介の短編「舞踏会」（大正九年／一九二〇）である。同作の設定は明治十九年の十一月三日で、舞踏場を飾るのは薔薇ではなく菊だったけれど。

ラムネ湧く園遊会のいづみ哉

明治三十二年
（一八九九）

園遊会は英国のガーデン・パーティーを模した祝宴で、日本では明治十六年に早稲田の大隈重信邸で催されたのが最初とされる。舞踏会には縁がなかっただろう紅葉も、文壇の第一人者となって以降、園遊会に招かれる機会は折々にあった（一例としてやはり大隈邸――横寺町の紅葉宅から程近い――で明治三十一年に催された菊見の園遊会）。もちろん、どんな富豪の園遊会にせよ、〈ラムネ湧く〉は無理筋で、滝の水が酒に変わったという養老の滝の孝子伝説を参照した想像的演出ではあるまいか。舞踏会の句と並び、一種、馥郁たる香気を感じさせる文明開化俳句だ。

生ひたるが如《ゴト》摺鉢にぬなは哉

明治三十二年
（一八九九）

57

「摺鉢」による題詠。いったい蓴菜《じゅんさい》を擂り潰して料理するものかどうか知らないが、あるいは摺鉢を、入手した蓴菜を当座入れておく器代わりに使ったということか。ぬめり光る独特の物質感を〈生ひたるが如《ゴト》〉すなわち、器に湧き出たかのようだと表現したのは巧み。紅葉は友人の家に泊まっても、〈「何か食ふ物はないか」なんと自分で台所へ行つて見附ける、さう云ふ風だから、大抵な細君は驚きまさアね〉という調子だったと巌谷小波は回想している。題詠とはいえ、この度を越した食いしん坊の、ある日ある時の記憶の描写である可能性もあろう。

夏山の雪見る雲の絶間《たえま》かな

明治三十二年
（一八九九）

58

明治三十二年七月一日、紅葉は一人で新潟・佐渡への旅に出る。読売新聞における「金色夜叉」の連載は好評裡に三年目に入っていたものの、ここへ来て掲載が途絶えがちになっていた。原因は紅葉の体調不良で、結局それは胃癌だったわけだが、この段階では神経衰弱との診断。心身を休める転地が目的の旅だった。高崎・長野を経て田口駅（現・妙高高原駅）に達した紅葉は、人力車で赤倉温泉をめざす。掲句の〈夏山〉は妙高山（標高二四五四メートル）で、やや絵葉書風ながら、夏の夕陽が照らし出す荘厳な大景に対しての感動が素直に伝わってくる。

鮓《すし》などに漬けまほしくも昼の妓《ぎ》の風情

明治三十二年
（一八九九）

59

新潟・佐渡の旅の記は読売新聞に連載され（ただし五十回で中断）、紅葉の没後、『煙《えん》霞《か》療養《りょうよう》』の題で単行本化された。掲句は、佐渡に渡る七月八日まで五日間滞在した新潟の町で通りかかった遊郭の景。鮓（もちろん押鮓である）の具として漬けこんでしまいたいようだ、昼見世の遊女たちの様子は——時は盛夏である。屋外室内の眼も眩むような明暗差、薄闇に浮かび出る女たちの姿、脂粉と汗の匂いに蒸れた空気。鮓の比喩により、いわば生理的に感受した印象をサディスティックに形象化する。すぐれた出来だが、ミソジニー的という批判は免れまい。

荘子《さうじ》にありや緑《みどり》なる何の鳥の浮巣

明治三十二年
（一八九九）

前句の遊郭から程近い日和山《ひよりやま》から、佐渡島を眺めやっての吟。日和山は標高十二メートル余の小丘にすぎないが、そこに建つ櫓は、信濃川河口の沖積平野に広がる平坦な新潟市街にあって、抜群のヴューポイントだった。『荘子』には書いてあったかしら、海上のあの緑の塊は何という鳥の浮巣だろう――『荘子』逍遥遊《しょうようゆう》篇には、羽を広げれば長さ数千里に及ぶ鵬《ほう》という巨鳥が登場する。そこからの連想で、佐渡を巨大な鳥の浮巣に見立てた。勇壮なイメージもメリハリの利いた重厚なリズムも独自のものであり、紅葉俳句の最高傑作のひとつだと思う。

中山峠を下る

涼風のからむか牛の角ふりて

明治三十二年
（一八九九）

61

紅葉が佐渡に渡ったのは七月八日。両津港に降り立ち、夷町で二泊してから、島の中心地である相川に向かった。真野湾側の沢根から〈西北の相川に向つて山の脊《せ》を横截《よこぎ》る〉峠道で詠んだのが掲句。〈佐渡牛と称《とな》へて此国のは愛らしいほど形の小いのが三々五々と荷を負つて行く〉と『煙霞療養』にはある。牛が頭をぐるんぐるんさせるのを、角に絡みついた涼風を振りほどこうとしているようだ、と見ている。まるでマンガの効果線みたいな風だ。紅葉は結局、一ヶ月近くを佐渡で過ごす。引用は、まだ佐渡にいた七月三十一日の佐渡新聞に載った初出に拠る。

星既《すで》に秋の眼《まなこ》を開きけり

明治三十二年（一八九九）

62

大岡信は掲句について『紅葉山人俳句集』で「立秋」の項に分類されていることを踏まえ、〈まだ日中は暑い日が続いているが、夜ともなれば空の星の光にも変化が見える。その微妙な感じを言いとめて実に新鮮な感覚の句〉と述べる。この句はまた明治以来、西洋詩風と評されてきた。なるほど紅葉の初期作品「風流京人形」には、主人公がバイロンの「Remind me not, remind me not」に読み耽る場面がある。その描写自体はむしろ戯画的なものなのだが、掲句を見れば、紅葉が西洋詩の本質的な部分とすれ違っていたわけではないこともわかるのだ。

命長き人に逢うたる初湯哉

明治三十三年
（一九〇〇）

63

紅葉の日記には時々、銭湯に行った記事が出るが、初湯となると明治三十四年元日条のみで（紅葉日記はそもそも記述が断続的）、午後八時に泉斜汀《しゃてい》（＝鏡花の弟）と〈相《あひ》携《たづさ》へて入浴〉している。残念ながら、〈薄汚れて温《ぬる》かりければ、不快限《かぎり》無し〉だった。掲句の場面はもっと早い時間、熱く澄んだ湯から濛々と湯気が上がっているのでなければさまにならない。いかに平均寿命が短い明治時代でも、〈命長き人〉という感に堪えたような言い方からすると、古稀くらいでは物足りない。もうひと回りは上の、よく枯れた、神気漂うような老人が似合いだ。

自転車の汗打《うち》薫《かを》る公子哉

明治三十三年
（一九〇〇）

64

紅葉は明治三十年すでに〈自転車を巧みに汗を拭ひ行く〉と詠んでいる。三年前は自転車そのものが珍しく、だからこそ〈巧みに〉という印象が先に立ったが、今はやや目慣れて、颯爽たる公子（＝華族の子弟）を乗り手に、華やかな絵を描く余裕も出てきたわけだ。ちなみに、不忍池畔を舞台に日本初の自転車競走が開催されたのは明治三十一年。また、ベルリンにいた巌谷小波宛の明治三十五年春の手紙で紅葉は、〈目下の流行〉として〈男の方は自転車と相撲〉と記している。いまだ富裕層の専有物とはいえ、早くも大衆化の兆しも見えていたのだろう。

うすものや風に勝《た》へざる三挺立

明治三十三年
（一九〇〇）

三挺立はサンチョウダテだが、この場合はサンチョダテと縮約して読むべきか。三本の櫓で漕ぐ快速船で、吉原への遊客が使った猪牙舟《ちょきぶね》よりひとまわり大きい。掲句の舟もやはり遊客を乗せているのだろう。ただし、吉原通いの場面とも、乗客が男性のみとも限る必要はない。船足の速さゆえの風当たりに、うすものの袖や裾がはためいて、肌寒いくらいだというのである。三挺立は正徳三年（一七一三）に幕府によって禁止された。近世文学に精通する紅葉が、想像裡に江戸の世界に遊んだ句であり、その種のものとして間然するところがない出来だ。

江戸川や浮木に涼むはだか虫

明治三十三年
（一九〇〇）

66

紫吟社の句会で「小石川区」を題に詠んだ。この場合の江戸川は、神田川のうち目白台下〜飯田橋間の旧称で、桜並木が美しい明治の東京名所のひとつ。浮木（ウキギともフボクとも読む）は水に浮く木片。「盲亀《もうき》の浮木《ふぼく》」と言えば、輪廻転生のうちに人と生まれて仏法と出会うのは、盲目の亀がたまたま海上に顔を出して浮木に出会うほど稀有な幸運なのだ、との教えである。裸虫は毛のない虫一般に加えて人間をも指す。屋形船の類いを〈浮木〉に見立て、それに乗って涼む人々を、仏法に帰依するでもなく遊び呆ける〈はだか虫〉どもめが、と嘲ったのだ。

夏の井に息もつきあへぬ甘露哉

明治三十三年
（一九〇〇）

67

本作も紫吟社の句会での題詠で、題は「夏の何」。夏の山でも夏の海でもいいわけだが、紅葉は夏の井戸を詠んだ。炎天下をやって来た、あるいは炎天下でひと仕事を終えた主人公が、ようやく井戸水にありついた場面。息もつけない程の勢いで飲まずにはいられない喉の渇き、まるで甘露のような味わい。〈夏の井〉を〈甘露哉〉で受けるのは、いささか芸が無い構成のようだが、中七の字余りがそれを救っている。ごくごくと水が喉を通る感じを、一音の過剰によって捉えていると思うし、「甘露」の語もそれにより、単なる文飾以上の実体を得ている。

小波山人を送る

大《おほい》なる桃や千里の波を行く

明治三十三年
（一九〇〇）

68

日本の児童文学の開拓者《パイオニア》である巌谷小波は、硯友社における紅葉の弟分的存在だった。掲句は、小波が二年間の約束でベルリン大学東洋語学校に講師として招かれた際の送別吟。〈桃〉は、九月二十二日、小波が横浜から搭乗した巨船ハンブルヒ号の寓意であり、桃の中には大いなる抱負を抱いた桃太郎ならぬ小波がいるわけだ。「桃太郎」は小波が最も愛した昔話で、明治二十七年に刊行が始まった「日本昔噺」叢書の第一編に選んでいる。上々の挨拶句だろう。なお、小波の方は紅葉たちの見送りの様子を〈おさらばや霧に隔たる帽の数〉と詠んだ。

138 — 139

二十世紀なり列国に御慶申す也

明治三十四年（一九〇一）

69

二十世紀最初の年の新年詠。初出の中央新聞では上五が〈新世紀なり〉だった。『紅葉句帳』では掲出の形とするが、何か根拠があったものか。〈阿蘭陀も花に来にけり馬に鞍　芭蕉〉のような海外を意識した句は近世からあるものの、「阿蘭陀渡る」が仲春の季語であるように、鎖国体制下の一庶民である芭蕉にとり、オランダ人自体が一種の四季の景物だった。これに対し、紅葉の句には日清戦争に勝利し、列強の一画を占めつつある新興帝国の国民としての意識が明らかだ。ちなみにこの年、紅葉は「文章報国」の四文字を篆刻した印を作っている。

叢《むら》竹《たけ》や伏して奏する雪の瑞《ずい》

明治三十四年（一九〇一）

70

この年の歌御会始の勅題「雪中竹《せっちゅうのたけ》」を、新年の季語「奏瑞《そうずい》」と組合わせて詠む。奏瑞とは、法律で定められた瑞祥を治部省から天皇へ奏上することで、大瑞（麒麟や鳳凰の出現）は随時、上瑞（赤兎や九尾狐の出現）以下は翌年の元旦に纏めて行うとされた。竹が雪の重みでしなうのを、官人が天皇の御前に伏して瑞祥を奏上するさまに見立てつつ、新年の雪自体も豊年の予兆だったから〈雪の瑞〉なのである。紅葉一流の難題趣味の句であり、巧みと言えば巧み。しかし、近代俳句の主流的な志向からはアサッテの方を向いた詠法であることは無論である。

142 — 143

松の内更けて雪駄を鳴しけり

明治三十四年
（一九〇一）

71

荻原井泉水は明治十七年、芝の神明町《しんめいちょう》の商家に生まれた。紅葉の生家の目と鼻の先だ。その井泉水が晩年、〈神明界隈の感じをよく出している〉と評したのが掲句。雪駄の踵には尻鉄《しりかね》が付いており、〈歩くとチャラチャラと鳴る〉。松の内の深夜のひっそりした往来に、お茶屋帰りらしいご機嫌な足音が響く。〈この雪駄の主人公は、若き日の紅葉自身であったのではないか〉と井泉水が言うのはもっともだ。前年には〈新玉の春衣《ハルギ》きつれて酔ひつれて〉の作もあった。いずれ都会育ちの享楽児のノリであって、田舎出の堅物子規には縁遠い感覚に違いない。

芸なしの余寒を裸踊かな

明治三十四年（一九〇一）

『煙霞療養』には、〈新潟第一流の酒楼〉である鍋茶屋で、〈追分踊《おひわけをどり》、盆踊《ぼんをどり》、から囃子《はやし》〉の饗応を受ける場面がある。これは芸者たちによる〈新潟芸尽《にひがたげいづくし》〉であり、紅葉は〈花の姿が輪を成《な》して廻《めぐ》る〉盆踊が特に気に入ったようだ。掲句は、〈芸なし〉たちの宴会のさまゆえ、花の姿どころか、書生たちの荒涼野蛮な乱痴気騒ぎといったあたりが相応か。〈余寒〉は時候を言いつつ、その荒涼の感じをも含んでいよう。体調の悪い紅葉の現在の景とは考えにくく、自身の経験にかかわるとすれば、前句と同様、苦笑混じりに青春を追憶する句ということになる。

手車の牡丹運ぶや閨《ねや》深う

明治三十四年
（一九〇一）

73

牡丹は中国原産で日本にも古く伝わった。和歌連歌では深見草《ふかみぐさ》の名で詠まれたが、俳諧時代には牡丹・ぼうたんの作例が増える。とはいえ牡丹を愛することでは〈花開き花落つ二十日《にじふにち》、一城《いちじやう》の人 皆狂《みなくる》へる若《ごと》し〉〈白楽天「牡丹の芳《はな》」〉の中国人には一籌を輸するだろう。そんな、かの国の牡丹文化を自家薬籠中のものとして数々の牡丹の名句を吐いたのが蕪村である。掲句もまた漢詩文趣味の強い、濃艶な作だ。宦官か女官が、後宮深く皇妃の閨へと手車に乗せた牡丹の鉢を運んでゆく。江戸城大奥を舞台に茶坊主が出てきた日には、いっこう絵になるまい。

鮎看るべく流れ聴くべく渓《たに》の石

明治三十四年（一九〇一）

紅葉は、明治三十四年五月六日から十六日にかけて伊豆の修善寺温泉に滞在した。紀行「修善寺行《しゅぜんじゆき》」を読むと、流行作家の悲しさで、せっかくの旅も来客の応対と揮毫の依頼に追われて終始している。宿は浅羽旅館に取り、大川屋や新井旅館にも出向いた。『紅葉句帳』の前書によれば、掲句は大川屋の団扇に書いたものらしい。渓流〈具体的には修善寺川〉のとある大きな石——あの石は、鮎が泳ぐのを見るのにも、川音を聴くのにも具合が良さそうだ……。語り手は〈渓の石〉を、やや離れたところから眺めているのだろう。土地褒めの爽やかな挨拶句だ。

雲を吐く飛瀑のピントはづれけり

明治三十四年
（一九〇一）

75

修善寺行きの目的は、二年前の新潟・佐渡紀行と同じく療養だったはずだが、写真機材を携えた撮影旅行の面もあった。紅葉はこの頃、自ら中心になって東京写友会を発足させたほど写真に夢中だった。ただし、撮影も現像もからきし下手で、日記や書簡に見えるのは露出を誤まるなどの失敗の記事ばかり。紀行文の五月八日条には、〈宿の小廝《こもの》を従へ広機《ひろはた》の瀧を蝦蟇淵《がまがふち》に撮影す〉とある。掲句の〈飛瀑〉は、あるいはこの広機の瀧かもしれない。〈ピント〉のような写真用語を用いた最初期の句として注目されるけれど、それも結局、失敗ネタなのであった。

水《すゐ》飯《はん》や簾捲《ま》いたる日の夕《ゆふべ》

明治三十四年
（一九〇一）

76

現在ではあまりやらないが、水飯は米の飯に水をかける食べ方で、夏の季語。先に見た〈端近に飯くふ人や青すだれ〉と似た状況ながら、端近の句が他人の行為を詠むのに対して掲句は自称の句だ。西日も落ち着いてきた頃、簾を巻き上げ、夕景色を眺めながらの食事である。日中の炎暑が去り、ほっとひと息ついているような空気感がよく出ている。〈水飯の腸《はらわた》清き円居《まどゐ》かな〉は同時発表作。無論、掲句の方がずっと良い。この〈腸清き〉に類する駄目押し的フレーズは紅葉の句にしばしば見るところで、彼の句の総体の印象を引き下げてしまっている。

154 — 155

枕上逢秋、病魂新弱

ごぼ〱と薬飲みけり今朝の秋

明治三十四年
（一九〇一）

77

ベルリンの巌谷小波あてに送った九月三日付けの書簡に、前書とともに記されている。この年の八月始めから、紅葉はかねての胃病に加え、淋病に由来する睾丸炎に苦しんだ。炎暑の中、劇痛が十日間続き、その後も丸一ヶ月、外出できずにいると手紙にはある。前書の〈枕上《ちんじやう》、秋に逢ひて　病魂、新たに弱し〉は、病臥のうちに秋が来てしまった嘆きだ。爽やかなるべき〈今朝の秋〉に、惨憺たるありさまで薬を飲む自らを憐れみつつ滑稽化している。粉薬を水で嚥下しているのだろう。〈ごぼ〳〵〉という端的なオノマトペが、いかにもよく利いている。

風悲し搔《かゝ》れしあとの漆の木

明治三十四年
（一九〇一）

78

上五を形容詞の終止形で切り（これも切字の一種）、句末を体言止めとすることは、上五末に「や」を使う場合ほど多くはないものの、やはり俳句の基本的な型のひとつ。さらにその形容詞が「悲し」である例としては、たとえば〈日に悲し落葉たゞよふ汐ざかひ　白雄〉がある。季語は「漆掻く」で秋。漆の木に鋸で何重にも挽目《ひきめ》をつけることを言う。そこから出る脂《やに》を採集して漆を作るのだが、実際、挽目を入れられた木肌はたいへん痛々しい。〈風悲し〉と主情性をあからさまに打ち出しながらも、前述のような型に則ることで堅牢な印象の句となった。

冬の夜やはしら暦の望の影

明治三十四年
（一九〇一）

79

『俳諧新潮』では上五が〈冬の月〉になっている。しかし、下五の〈望の影〉は満月の光の意味なのだから、上五に月を持ち出す必要はあるのか。本書では『俳諧新潮』所載句は同書に従うのが原則だが、ここは例外的に初出形で掲出した。柱暦は、簡略な一枚摺の暦を言う。もっともそれは近世の話で、掲句では単に柱に掛けて使っている暦と受け取ってよさそうだ。ことさら暦を持ち出すのは、地色が白いため室内にさしこんだ月の光が美しく映えるためだろう。紅葉は夜型人間だったから、こんな景を見ることも、事実しばしばあったに違いない。

常綺羅《じやうきら》や鯛味噌や市に小柴垣

明治三十四年
（一九〇一）

常綺羅は、いつも美服を着ていること。鯛味噌は、茹でた鯛の身をほぐし、味噌と砂糖を加えて煮ながら練ったもので冬の季語。この句は中七末の〈に〉で切って読む。すると、小柴垣を結った瀟洒な寮（＝別宅）に住む美女が、婢《はしため》を連れて市に買物に出た光景が浮かんでくる。鯛味噌のような珍味を求めるのは、彼女を囲う旦那の好物だからだろう。紅葉の小説で言えば、「隣の女」の小夜のような女（とんでもない悪女である）のある日のスナップだ――とわかったふうに書いたものの、以上はあくまでも試案。本書に取り上げた中で最も難解な句である。

家橘が梅王の隈を捺したる袱帛に

飛梅やひいきの中を一文字

明治三十五年
（一九〇二）

81

初出は「歌舞伎」誌。前書は『紅葉句集』に拠る。ここで言う家橘《かきつ》は六代目市村家橘で、やがて十五代目市村羽左衛門《うざえもん》を襲名する。梅王は、『菅原伝授手習鑑《すがわらでんじゅてならいかがみ》』の立役《たちやく》、梅王丸のこと。梅王丸が化粧として施す赤い筋隈《すじぐま》をあしらった家橘の袱紗に、掲句を揮毫したのだ。家橘演じる梅王丸が花道から威勢よく登場するさまを、梅の縁で、京から大宰府へとまっしぐらに飛ぶ飛梅に見立てた。花道の両側には、絶世の美貌を謳われたこの役者をひと目見ようと、ひいきの観客が詰めかけていることは言うまでもない。きびきびした語調も快い、挨拶句の秀逸。

祝文芸界発刊

袖長き蝶舞の座に直りけり

明治三十五年（一九〇二）

雑誌「文芸界」の創刊号に寄せた祝句である。〈袖長き蝶〉は、振袖を着た舞踊の舞手。蝶の羽さながらの優美な袖を翻して舞台に現われ、姿勢を整えた彼女（あるいは女形かもしれないが）は、さあこれから、どんな舞を見せてくれるだろうか。――「文芸界」は、教科書出版で成功した金港堂が、当時の二大文芸雑誌たる博文館の「文芸倶楽部」と春陽堂の「新小説」に対抗すべく創刊したもので、明治三十五年三月から同三十九年十二月まで全五十八冊が刊行された。紅葉は創刊号に、掲句の他、ドストエフスキーの短編の翻訳「胸算用」を寄せている。

玉いらかの銘
藍田日暖玉生烟とは。此《この》菓子の出来立《できたて》を云ふなるべし。
されどこゝには一碗の茶無《な》かるべからずとて。
上五文字に其色《そのいろ》を添ふ。

青柳や玉の甍の雨あがり

明治三十五年
（一九〇二）

83

岩代国（福島県の西半分）は梁川《やながわ》（現・伊達市）の芝仙堂《しせんどう》のもとめに応じ、新商品の菓子を「玉いらか」と命名した際の句文。「藍田《らんでん》、日《ひ》暖《あたた》かにして玉烟《たまけむり》を生ず」は、李商隠の詩の一節で、この菓子の出来立ては湯気ほかほかと玉のように綺麗だろうね、と思いをやるよすがとしている（東京にいる紅葉は、出来立ては食べていないはず）。濡れた瓦屋根が、雨あがりの日差しに輝いて美しい。そこに青柳を添えておくよ、菓子を食べる時は柳と同じ青い色をしたお茶が欠かせないから——俳句としては平凡ながら、銘文と合わせてのお膳立てにはさすがぬかりなし。

168 — 169

罵泉兄弟

花《くわ》下《か》に残す曾我殿《との》原《ばら》の虱かな

明治三十五年
（一九〇二）

大田南岳の「俳諧丑満《はいかいうしみつ》」より。このエッセイによれば、〈神無月十三日の黄昏〉から深夜にかけて紅葉宅で行われた句会のあと、紅葉は〈酔《よひ》に乗じて、画箋紙《がせんし》を展《の》べ〉、出席者を嘲弄する戯句を次々に書きつらねていった。掲句は、前書に「泉兄弟を罵《ののし》る」とあるように、泉鏡花・斜汀の兄弟を曾我兄弟に見立てたもので（「殿原」の原は、複数を表す接尾辞）、季語「花見虱」による趣向である。潔癖症で有名な鏡花はさておき、鎌倉時代の兄弟たちの方は御家人にもなれない貧乏侍だったから、虱がたかっていても不思議ではなさそうなところに、妙味があろう。

上《じやう》臈《らふ》や乞食や我や花の山

年次未詳

『紅葉句集』より。上臈は、もとは年功を積んだ高僧をさした語で、近世には御殿女中の上級者の職名にもなった。ここでは奥様方・ご令嬢方という程のニュアンスでうけとればよい。老若男女貴賤貧富を含んだ花見の人出を、上流の女と底辺の男に代表させた格好だが、その全体を捉えようとする〈我〉の視線は、まさに小説家の自意識を感じさせる。東京で〈花の山〉といえばまずは上野山であり、掲句の内容にもふさわしいものの、どこと場所を限る必要はない。以下十句は年次未詳ながら、おそらくは明治二十年代末以降の作である蓋然性が高い。

花も見ぬ目のぴか〳〵と帳場哉

年次未詳

『紅葉句集』より。出典では、中七を〈目のひか〳〵と〉と清音表記する。あえて半濁点を補って掲出したが、「ぴかぴか」の古形に「ひかひか」もあるから、判断が難しいところではある。句意は明瞭。花見にうかれ遊ぶ世間と働く主人公の対比はもちろん、明るさを増した花時の外光と、商家の奥深くにある帳場のほの暗さの落差も印象づけられる。そのほの暗い中に一種の異物として際立って見える目玉。その目の光が含意するのは遊びに出してもらえない奉公人の恨みだろうか、そもそも遊びなど眼中にない根っからの商売人のエートスだろうか。

藤の花春隠れ行く裾見たり

年次未詳

87

解その一。藤棚の向こうに、着物の裾だけが見える。春の女神が半ば身を隠しながら去って行く風情だね。解その二。裾模様に藤をあしらった着物を着た女性が行く。春はそんなところに隠れて去ろうとするのか。解その三。姿を隠し、去りつつある春の女神。ひらひらと揺れる藤の花に、女神がまとう着物の裾を見る思いがした――言葉に即すれば、ざっと右のような解釈が可能だ。この曖昧性自体が、もやもやした惜春の情に相応する。また、西鶴の〈長持に春ぞ暮れ行く更衣《ころもがへ》〉を連想させる点では、紅葉の談林調の一斑ともみなせよう。『紅葉句帳』より。

おごそかに離宮閉ぢたり青嵐

年次未詳

離宮ですぐ思いつくのは赤坂離宮だが、現在の建物が東宮御所として建設されたのが明治四十二年、離宮となるのは大正以後のこと。当時の東京にあったのは霞関離宮・芝離宮などだ。しかし掲句はそもそも、具体的などこかの離宮を詠んだというよりは、むしろ紅葉における離宮の観念を詠んだものだろう。それは〈おごそか〉な、たやすく人を受け入れない〈閉ぢ〉た聖域であり、〈青嵐〉のざわめきがその聖性を象徴する。紅葉の天皇に対する素朴な親愛と畏怖を、ともども読み取っておけば、大過あるまい。『紅葉句帳』ならびに『紅葉句集』より。

賤《しづ》の女《め》の誰待つ恋ぞ蚋の中

年次未詳

ブト（ブヨ、ブユとも）は、姿は蠅に似て汚らしく、刺されれば蚊より痒いというのだからなんだか最悪だ。そんなブトが飛び交う中に、誰かを待つらしい女。待つ相手が恋人とは限らないはずだけれど、ブトさえ平気なのは恋に燃え上がっているからに違いないというのは、いちおうもっともな推理だ。恋とブトのコントラストによるこの小説風の仕立ては、さすがに堂に入っていよう。〈寂寞と庵むすぶや蚋の中〉（明治三十三年）という句もあって、これも清閑であるべき庵とうっとうしいブトの対比が眼目という点では、掲句と同工の作。出典は同前。

夏痩もせずに繭煮る女哉

年次未詳

90

〈繰《くり》釜の中は百八十度の熱湯がたぎり、室内温度は華氏八十度を越して、ムッとする蛹《さなぎ》の悪臭が鼻をつく〉とは、山本茂実《しげみ》『あゝ野麦峠――ある製糸工女哀史――』の一節。華氏八十度は摂氏二十六・六度だから大したことないようだが、これは早春の諏訪地方の話なのだ。関東平野の生糸産地の夏ともなれば、その熱気と臭気はどれ程だったか。〈浅ましや繭烹《に》る賤はつづれきて　才麿〉のような近世の句に近い着眼ながら、過酷な環境にも平然たる肉体の存在感を打ち出したところには近代の切れ味があるし、エロティックでもある。『俳諧新潮』より。

暗がりにすつくと立てる涼み哉

年次未詳

夕暮時か、あるいはすでに夜なのか。建物の陰になった暗がりに、ふと気づくと人がいた、涼んでいるらしい――男性の涼みが、〈夕すゞみよくぞ男に生れけり　其角〉のように体裁を構わないものであることを考えると、慎ましく佇立するこの人物は女性としたくなるところで、〈すつくと立てる〉の語感は、姿の良い美しい女の像を自ずと結ぶ。前句や前々句は、句を構成する要素のコントラストから発想した想像句と思われるが、掲句のなにげなくも謎めいた感触は、事実の断片であるところに由来するのかもしれない。『紅葉句帳』『紅葉句集』より。

秋の蠅寝顔踏まへて遊ぶなり

年次未詳

92

岸本尚毅は『文豪と俳句』の中で掲句を、死の直前、つまり明治三十六年秋の句として紹介している。句そのものの内容と、『紅葉山人俳句集』『紅葉句集』にある〈病中〉の前書が根拠だろうが、それらの前書は編者が付けたもので完全には信用できない。実際、衰弱しきった病者を形容する「顎で蠅を追う」という諺に引きずられた判断だった可能性もある。病気とは関係なく、蠅が顔を這い回る気配に目が覚めた、こやつめ——という句であってもおかしくないのだ。初出不明で句集編者が何を見たかわからない現段階では、年次未詳の句としておく。

算盤の夜光の珠や恵比寿講

年次未詳

93

恵比寿講は、元来は陰暦十月二十日に商家で行われた行事。恵比寿神を祀り、祝宴を開いて商売繁盛を祈った。現在は新暦十月二十日に移して秋の季語とする場合もあるけれど、紅葉は冬季として扱っている。夜光の珠は、夜の闇に光を放つという古代中国の伝説の名玉。商家においては、富の基《もとい》となる算盤の珠こそが夜光の珠にも比すべき宝なのだ、というほどの句意になろう。「三人妻」の葛城余五郎、「男ごゝろ」の安達瀬兵衛《せへえ》、そして「金色夜叉」の間貫一――富という神秘に魅せられた男たちをいく人も造形した紅葉らしい句だ。『紅葉句集』より。

紅《もみ》裏《うら》の春待《まち》兼《か》ねて燃ゆる哉

年次未詳

94

紅花で染めた無地の赤い絹布が紅絹《もみ》で、紅絹を裏地に張ったものを紅裏と呼ぶ。紅絹は袷などの裏地や肌着に多用されたが、これは紅の薬物的な効果に対する俗信のためらしい。紅裏の赤は、まるで春を待ちかねる思いの炎が燃えているようだ——文字通りの意味はそんなところ。難しいのはむしろシチュエーションで、自分の着物を着ようとして紅裏が眼に入った印象なのか、あるいは他人、特に女性の裾や袖口にちらつく裏地の赤を言ったのか。後者の場合、春＝結婚を待ちかねる娘盛りを、比喩的に描写したとも考えられそうだ。『俳諧新潮』より。

波陰や魚《うを》の眼《まなこ》も玉の春

明治三十六年（一九〇三）

95

再び明治三十六年の句を見てゆく。掲句は当年の歌御会始の勅題「新年海《しんねんのうみ》」によるもので、紅葉の最後の新年詠ということになる。水中の魚の眼玉を幻視する趣向には、誰しも芭蕉の〈行く春や鳥啼《な》き魚の目は泪《なみだ》〉を思い出すはず。中七の〈魚の眼も〉が、季語〈玉の春〉を序詞のように呼び出す構成も、古風にして華やかな印象を与え、イメージの大胆さと新年詠にふさわしい格調の高さを兼ね備えている。元日付けの「国民新聞」隔週附録に発表した際に付した挨拶文に、〈たゞ一句には候《さうら》へ共《ども》心中《しんちう》少《すこし》く自慢の物〉と記したのも納得されるのである。

春かすみ立つといふひをむかへつゝ――鞭春牛《しゆんぎうにむちうつ》といへる唐《たう》の故事を思寄《おもひよ》せてその絵《ゑ》兄弟《きやうだい》の俤《おもかげ》。

雪解や市に鞭《むちう》つ牛の尻

明治三十六年（一九〇三）

96

二月五日の日記より。前書の〈春かすみ立つといふひ〉云々は、この日が立春に当たることから。「春牛に鞭つ」も中国の立春の行事だ。これは土で造った牛を鞭打つのだが、句の方は絵兄弟として舞台を日本に転じ、生きた牛を鞭打って追い立てるシーンとしている。どろどろの雪解け道、行きなずむ牛、ぴしぴしと鳴る鞭――声調はからりとしているものの、なかなかに陰惨。一句の内容は、日記に〈体《たい》の倦《う》めるを曳《ひ》く千鈞《せんきん》の如し〉とあるような体調の状況に通う。なお、二月五日は快晴ながら、前日の大雪が残っており、〈雪解や〉は実景でもあった。

194 ― 195

泣いて行くウヱルテルに逢ふ朧かな

明治三十六年
（一九〇三）

＊掲句の表記は『紅葉句集』に拠るが、やや微妙な問題がある。詳しくは、「翻車魚ウェブ」掲出の拙文「ウェルテルは何回泣いたか」を参照。https://mambaweb29.blogspot.com/2022/04/blog-post_15.html

泣いて行くのはゲーテの『若きウェルテルの悩み』の主人公。西洋の人名を詠み込んだ最初期の句のひとつだろう。この青年は実際、西洋近代小説の男性主人公としては例外的によく泣く。また、前句と同様、紅葉自身の状況が重ね合わされてもいよう。掲句を句会に出したその日（二月二十三日）、紅葉は大学病院への検査入院を決意した。と知れば、この〈逢ふ〉は自己の分身に逢うような離人症的なニュアンスも帯び始める。明治期後半の文壇はゲーテ・ブームで、紅葉もまた英訳で『ウェルテル』を通読した。この句を作るちょうど一年前だった。

梅の道白玉楼も遠からず

明治三十六年（一九〇三）

三月十八日付けの角田竹冷宛の書簡に記された句。紅葉は十四日に大学病院を退院して自宅に戻るが、見舞客が相次いで静養できないため、この日密かに芝新堀町《しばしんぼりちょう》（現・港区）の親類宅に移った。秋声会幹部の竹冷には特に居所を知らせたのである。白玉楼《はくぎょくろう》は白玉製の楼閣。唐の詩人・李賀の臨終に際し、天の使いが来て、「天帝の白玉楼が竣工しました。あなたを召して記念の文章を作らせます」と告げた故事から、文人墨客の死を意味する「白玉楼中の人となる」という成語が生じた。梅の白と白玉を響き合わせた優美な表向きながら、内容は悲痛だ。

海潤《ひろ》し春に別れし昨日けふ

明治三十六年
（一九〇三）

四月二十三日、紅葉は転地のため、妻・喜久、末子の夏彦（五月に満二歳）と共に銚子へ行き、約一週間滞在した。掲句は帰京の前日、四月三十日付けの佐佐木信綱宛と岡田朝太郎宛の手紙に記された。ただし、前者の中七は〈春にわかれの〉となっている（後者は掲出と同形、表記は「卯杖」第五号に拠る）。「別れの」か「別れし」か、しばし迷ったのだろう。〈海闊し〉と当り前のことを強く言い切るのは、死に対する意識が世界のその当り前のありようをこそ再確認させているということか。どこか摑まえどころがない中に、透明な切迫感を湛えた句だ。

秋の水剣《つるぎ》沈めて暮れにけり

明治三十六年
（一九〇三）

死の一ヶ月前の九月三十日夜、紅葉は眠れぬままに、夜伽に詰める弟子たち（山里水葉《すいよう》、篠山吟葉《ささやまぎんよう》、北島春石《しゅんせき》）と袋廻しに興じた。題は秋の水・や丶寒・鶏頭・はじかみ・栗・星月夜・鯷《ひしこ》。すでに紹介したように、死の八日前までなお若干の句があるが、題詠によるまとまった数の句作はこれが最後だ。掲句はよく磨かれた刀を秋の水にたとえた成句「三尺秋水《さんじゃくのしゅうすい》」を逆転させ、冷え冷えとした水景と、そこに沈んだ剣を幻視する。暮れゆく水面、水底に横たわる剣に、有り余る才を抱きながら斃れつつある紅葉の自己像を見てもよいし、見なくてもよい。

紅葉が俳句でめざしたもの

正岡子規の「仰臥漫録」の明治三十四年（一九〇一）九月十九日条に、次のような一節がある。

自分ガ旅行シタノハ書生時代デアツタノデ旅行トイヘバ独リ淋シク歩行イテ宿屋デ独リ淋シク寐ルモノヂヤト思フテ居ル。ソレダカラ到ル処デ歓迎セラレテ御馳走ニナルナド、イフ旅行記ヲ見ルト羨マシイノ妬マシイノテ、

ここで子規が、羨ましい妬ましいと言っている旅行記とは、おそらく尾崎紅葉の「煙霞療養」のことである。鑑賞本文でもふれたように、紅葉は明治三十二年

七月から八月にかけて新潟・佐渡を旅行し、帰京後、その旅の記（旅の初めの十余日分に過ぎないが）を読売新聞に連載した。当時、紀行文ではまだ珍しかった言文一致体でつづられる旅模様は、稠密で生彩に富むものであっただけに、すでに寝たきりとなって久しい子規にはなるほど羨ましくも妬ましくもあっただろう。しかしそれを、歓迎が御馳走がと、ことさら非本質的な要素をあげつらいながら引き合いに出すのは、自虐的ユーモアの面もあろうけれど、それ以上に、あえてする嫌味のようにも思われる。そう、この二人、互いの実力は認めていながらも、どうやら根深い悪感情を抱き合っていたようなのだ。

小説家紅葉の出発

紅葉の本名は尾崎徳太郎。慶応三年（一八六七）十二月十六日、江戸は芝中門前町に生まれた。父は角彫《つのぼり》の名工で、幇間〝赤羽織の谷斎《こくさい》〟としても知られた花街の名物男だった。紅葉と子規が同齢であることは本書冒頭で述べたが、他にも夏目漱石、幸田露伴、斎藤緑雨が同じ年に生まれている。坪内逍遥が八歳、森鷗外が五歳、二葉亭四迷が三歳の年長、四歳下に国木田独歩、五歳下には島崎藤村や田山花袋、樋口一葉らがいる。このうち最も年長の逍遥が、明治十年代後半に「当世書生気質」と「小説神髄」で口火を切る形で始まったのが今に続く日本の近代小説の流れであり、未完の大作にして遺作である「金色夜叉」に到るまで、その最初期の十数年間、随一の人気作家であり続けたのが紅葉だった。

　紅葉は早熟だった。漢詩に熱中して、当時若者たちに人気があった投稿雑誌「頴才新誌《えいさいしんし》」に一篇が掲載されたのが明治十五年（一八八二）、満でいえば十四歳の時。その翌年に入学した東京大学予備門では、文友会・凸々会といった文芸志向の学生サークルに参加して丸岡九華、石橋思案らと知り合い、また一年遅れで入学してきた旧知の山田美妙と再会を果たした。彼らが明治十八年（一八八五）二月に結成したのが硯友社であるが、時に紅葉は満十七歳に過ぎない。五月には機関誌として筆写回覧雑誌「我楽多文庫」を出し、それはやがて印刷非売本の段階を経て、公売本へと発展してゆく。もちろん、好評だったためである。この間、帝国大学法科に入学した紅葉は、明治二十二年（一八八九）四月、吉岡書籍店が企画した「新著百種」という叢書の第一号として『二人比丘尼色懺悔』を刊行して職業作家としての第一歩を踏み出す。同書は大きな反響を呼び、紅葉は同年暮には大学に籍を置いたまま、露伴（やはり「新著百種」で『風流仏』を刊行）と共に専属作家として読売新聞に入社している。いわゆる紅露時代の幕開けであるが、この時、子規はどうしていたかといえば、いまだ大学にすら入っておらず、第一高等中学校本科の一学生であった。漱石と知り合い、帰省した松山で河東碧梧桐に野球を教え、激しい喀血に見舞われたことから子規と号した、そういう年である（高浜虚子との交流開始はさらにその翌年）。

この硯友社の成立については予は詳しいことは知らないけれど、兎に角同級者などにその末派に居る者もあつたので、我楽多文庫などゝいふ極めて幼稚なる雑誌を偸《ぬす》み見て窃《ひそか》に其紙面の才気多きに驚いて居つたのであつたけれ共先づ同輩位な書生がやるのであると思ふ為めに半ば之を妬み、半ば之を軽蔑して居つたのであつた。

右は子規晩年の未完の随筆、「天王寺畔の蝸牛廬」の一節。露伴との交友を回想するにあたり、〈余自身の経歴したる明治の小説史を略叙〉したもので、十数年前を振り返っての発言だからある種の整理をこうむってはいるだろうけれど、往時の感情をおおむね正確に伝えているように思う。「我楽多文庫」に紅葉が発表した「江嶋土産滑稽貝屏風」や「偽紫怒気鉢巻《にせむらさきいかりのはちまき》」「風流京人形」「紅子戯語《こうしけご》」といった作品は、たぶんに戯作的な調子を帯びていて、なるほど他愛なく〝幼稚〟であり、一方でその〝才気〟のほとばしりには舌を巻かざるを得ないというのは、十数年どころか百数十年を経ても変わらない印象だからだ。「我楽多文庫」掲載作ではないが、そうした幼稚にして才気多き紅葉の初期小編のうち、俳句をモティーフにした「風雅娘」という作品を紹介しておこう。

今《いま》は昔《むかし》となりぬ。　浅草三筋町《あさくさみすぢまち》に育《そだ》ちて、其音《そのね》の鄭声《ていせい》に染《し》みず、世《よ》を秋深《あきふか》き山奥《やまおく》に、鹿笛《しかぶえ》の稽古《けいこ》もがなと、風雅《ふうが》にねぢれしお千代《ちよ》とて、処《ところ》に名代《なだい》の誹諧娘《はいかいむすめ》。商売《しやうばい》は紙店《かみだな》、小体《こてい》にして今日饒《こんにちゆたか》に、双親《ふたおや》とも小鬢《こびん》に初霜《はつしも》を置《お》き、今年《ことし》十七の一粒種《ひとつぶだね》、いとしき事何《ことなに》に譬《たと》へむ方《かた》なし。容色芳野桜《きりやうよしのざくら》、これは〳〵とばかり、見《み》る目《め》を驚《おどろ》かしける。

漢文・和文・俳諧・俗諺を自在にパッチワークし、地口を利かせながら語られるのは、男などには目もくれない俳諧一途の美少女お千代の結婚譚。〈翁《おきな》が自筆《じひつ》〉の〈古池《ふるいけ》の吟《ぎん》〉の掛軸欲しさに、その持ち主である〈猿屋町《さるやまち》に名《な》だゝる呉服店《ごふくや》〉の二番息子・尺蔵《しゃくぞう》の求婚を受け入れたお千代だが、ほととぎすの一声を聞くまではダメと初夜の床入りを拒み、かと言って眠ることも許さず、二人して蒲団の上に座ったまま夜を明かした、という埒もない小喜劇である。

そんなところから出発して、翌年には「おぼろ舟」「伽羅枕」をものし、二年後には「二人女房」「紅白毒饅頭」、三年後には「三人妻」、四年後には「心の闇」を発表するのだからその急成長ぶりには驚く他ない。『二人比丘尼《ににんびくに》色懺悔』を一読して、〈これ位のものならば予自身でも書ける。否今少し面白く書けるであらう〉と思ったという子規青年も、「三人妻」に対しては同じ感想は持ち得なかったに違いない。しかし、「三人妻」が連載・刊行された明治二十五年（一八九二）には、子規は子規で、「獺祭書屋俳話」を「日本」紙上に発表している。紅葉が子規の存在をいつから意識するようになったのか詳らかにしないが、「獺祭書屋俳話」の連載は見逃したとしても、翌年に出た単行本を目にした可能性はあるだろう。子規が紅葉を半ば妬み、半ば軽蔑していたとして、紅葉の側はどうだったか。紅葉が子規を妬むことは考えにくい。社会的名声も収入も紅葉の方がずっと上なのだから。しかし、ムカつくことなら大いにあり得た。こと俳句に関して子規が端倪すべからざる相手であることは歴然としており、悪いことには（？）、紅葉もまた子規に劣らず、俳句が大好きだったからである。

俳句革新と紅葉

紅葉には生前の単行句集がなく、没後に以下の三冊の句集が刊行された。

紅葉山人俳句集　瀬川疎山編　明治三十七年（一九〇四）帝都社

紅葉句帳　星野麦人編　明治四十年（一九〇七）文禄堂書店
紅葉句集　久保柳葉編　大正七年（一九一八）俳画堂

このうち『紅葉句集』が最も多い千二百二十九句を収める。一部これに漏れた句を合わせれば、総数はおそらく千三百句前後になるだろう。

独行独歩の人であった子規にさえ、大原其戎《きじゅう》という〈余が俳諧の師〉がいたのに、紅葉の俳句はさらに輪をかけた無手勝流であった。十五頁でふれたように、紅葉の確認できる最初の句は十六歳の時の〈汗落ちて墨色にじむ夏書《ゲカキ》かな〉で、以後も十代後半の紅葉が折にふれて俳句をものしていたことは、硯友社の仲間たちの証言からうかがえる。ただ、作品がわずかしか伝わらないところからすると、それは文字通りの書き散らかしだったのだろう。これが一転、明治二十三年（一八九〇）からの作品が纏まって残るのは、この年の十月、硯友社内の俳句結社として紫吟社が結成され、定期的な句会や作品の発表（当初は当時の硯友社の機関誌「江戸紫」に、同誌廃刊後は読売新聞に）が行われるようになるからだ。これは後に子規も参加する伊藤松宇《しょうう》の「椎の友」の結成（明治二十四年五月）に先行しており、新派の俳句結社の先駆とみなせる。ただしそれをもって、俳句革新において、紅葉が子規に先行したとまでは言えない。この段階の紅葉には、子規が抱いていたような俳句革新に対する抱負や戦略があったわけではないからだ。

　森川町時代に初めて俳句の研究を始めた。それをむらさき吟社と呼んだ。紅葉の説で『俳諧は実に観察が鋭く、寸句で非常に力の強い云ひ廻しをする。之は小説家としても学ぶべしで、移して以て文章を煉るに適す。』と云つた様な意味であつた。

江見水蔭は、『自己中心明治文壇史』でこのように回想する。森川町時代とは、紅葉が明治二十三年十月からの数ヶ月、読売新聞の同僚・堀紫山《しざん》と共に、本郷森川町で男所帯を張ったことを指す（その直前、紅葉は大学を中退した）。当時の紅葉は、俳句をやるのは小説のためだと言っていたわけだが、これは周囲を巻き込むための方便という面もあろう。紅葉の周囲にいた人たちは小説が書きたかったのであって、巌谷小波を例外として、紅葉ほど俳句が好きだったわけではない。現に、紅葉以上に俳句のセンスがあったとおぼしい川上眉山などは、時間が取られるのがいやさにやがて俳句をやめてしまう。いずれにせよ、この時点では、俳句それ自体の革新は紅葉の目標ではなかった。その姿勢が転換し、文章上にはっきりと示されるには、明治二十九年（一八九六）を待たねばならない。

（前略）微衷は道の滅亡を前途に憂ひ、私に志す所は明治の俳諧を興さむとなり、（中略）時や到れる哉、世上の俳風漸く変じて、古池の濁れるも知新の波を揚ぐるに似たり、抑も秋声会の此挙あるは、今にして始めて説くべきは説き、学ぶべきは固より学ばむと、心を向上の一路に行脚の門を出づるなりけり（後略）

「発刊之文」／秋声会機関誌「俳諧　秋の声」創刊号　明治二十九年十一月

〈世上の俳風漸く変じて〉という認識を紅葉にもたらしたものは、なんと言っても子規を台風の目とした一連の動きに違いない。紅葉の俳句に対するモティベーションは子規と無関係だったが、こと俳句革新への自覚ということならば、子規が引き起こした波瀾を受けて立ったところに淵源を持っていたのである。

紅葉の俳句を今どう読むか

紅葉の俳句についての本格的論考は寥々として少ない。わずかに、荻原井泉水、嶋田青峰、村山古郷らのものがあるくらいだ。中でも古郷の「尾崎紅葉の俳句」(『文人の俳句』所収)は、こんにちでも参照されてしかるべき充実したものだ。さすがに調べは行き届き、記述の態度は中正。しかし、古郷自身が、繊細温雅な自然詠を身上とする俳人だっただけに、紅葉のようなタイプの作者の評価に適任かと言えばそれは疑問なのだが。また、岩波書店版の『紅葉全集』第九巻により、俳句作品の新聞・雑誌への掲載状況を網羅的に確認できるようになったことは、古郷の時代には無かった条件だ。紅葉の没後三句集はいずれも類題集形式であり、作品の時間的変遷を追えなかったからである。今後はこのアドヴァンテージを生かして紅葉俳句の再評価がなされてしかるべきだろう。

たとえば古郷は、初期の紅葉の句は談林調が強く、やがて正風に進んだ（あるいは日本派風の表現に近づいた）という見通しを持っていたようだ。しかし、時系列で作品を見て行くと、とてもそのようには言えないことがわかる。談林まがいの破調句も、一見すると日本派と見分けがつかないような描写型の句も、旧派の月並調のようなひねりを利かせた句も、同時多発的に生み出しながら螺旋状に進んでいた――いささか比喩的になるが、筆者はそのようなイメージを持っている。新派の作者であるはずの紅葉の句に旧派的な発想のものが少なくない点は、同時代には一種の折衷主義として批判されたし、後代の者にはとまどいの種となってきた。古郷もその部分は切って捨てて終わりにしている。しかし、旧派的な句とそうではない句が同時の作なのだとすれば、切って捨てるだけでは済ませられない問題がそこにあることにはならないか。これについては、全集第九巻の月報に俳文学者の山下一海が寄せた一文（「紅葉の俳句革新」）にすぐれた見解を見ることができる。

紅葉の俳句と談林俳諧はほとんど無関係である。紅葉は子規流の写生の方法ともかかわりなく、個人の主体的な強い表出力を生かすことによって俳句の近代化をはかったのである。その作品にしばしば旧派風の発想が見られるのも、伝統的な俳諧味の強い趣向、すなわち俳力を再生活用しようとしたからであろう。真に自発的な俳力が俳句に満ちわたるとき、やがて新しい俳魂が宿る。それが紅葉の中に胚胎していた俳句革新の構想であった。

山下のこの意見は、紅葉・子規以後百年の、実作と古俳諧研究の歴史を閲《けみ》した立場から、やや踏み込み過ぎた記述にはなっている。紅葉は子規のような理論家ではなく、本格的な俳句論を書いていない。せいぜい明治三十年（一八九七）の「革命の句作」があるくらいで、これとて原稿用紙三枚にも足りない短文に過ぎない。紅葉は決して山下が述べたように明快には語っていないのである。ではあるのだが、山下は紅葉がうまく言語化し得なかった部分を的確に形にしているというのが、紅葉の句文にいささか親しんだ者としての実感である。紅葉が〈胚胎していた〉志向を共感的に理解した上で、新派的と旧派的とを問わず、句それ自体として是なるもの非なるものを、現在のアクチュアリティーにおいて弁別する――本書を記すにあたって筆者が心がけたのはこのことである。

天渺々海漫々中にひよつくり鰹舟　明治23　＊20頁の句の異文。
腸のようもくさらぬあつさ哉　明治28　＊34頁の句の異文。
星食ひに揚るきほひや夕雲雀　明治29
鮓などに漬けまほしくも昼の妓の風情　明治32
二十世紀なり列国に御慶申す也　明治34
叢竹や伏して奏する雪の瑞　明治34
紅裏の春待兼ねて燃ゆる哉　年次未詳
藤の花春隠れ行く裾見たり　年次未詳

古郷はこれら八句を、理由はそれぞれながら、非としている。筆者は百句のうちに採った。是と考えたからだ。一方、たまたま本書では取り上げていないものの、古郷が是とし、筆者もまた是と思う句を、同じく八句掲げておこう。

葱洗ふ女やひとり暮残る　明治28
鶏の静に除夜を寝たりけり　明治28
色鳥の粲然として林を出づ　明治30
大雪の昼過ぎて物買ひに出る　明治30
釣る、とも見えぬ小舟や行々子　明治31
門川は雨に濁りて竹の春　明治31
火を吹くや夜長の口のさびしさに　明治32
有明の月照しけり竹婦人　明治34

百句の鑑賞をすでに読んだ人にはおわかりだろうが、この振幅がつまり紅葉の俳句なのである。

以前、「俳句」誌の文人俳句特集（二〇二〇年六月号）で紅葉について書いた時、先ほど挙げた〈星食ひに〉の句を引きながら、紅葉の俳句の核心を一語で表すなら「きほひ」がそれだと述べた。〈言語遊戯的なものを含めた言葉の「きほひ」が、線の太い奇想的なイメージと相乗した時、最も紅葉の句らしい魅力を発揮する〉——今もこの考えに変化はないものの、他方、さらに調べるべき点、なお考究すべきポイントが次々に出てきている。それほど遠くない将来、今回とはまた別な形で、紅葉について書くことができればと思っている。

主要参考文献（尾崎紅葉自身の著作を除く）

◆角田竹冷『聴雨窓俳話』博文館　１９１２

◆江見水蔭『自己中心明治文壇史』博文館　１９２７

◆荻原井泉水『俳談』千倉書房　１９３５

◆村山古郷『俳句シリーズ　人と作品14　文人の俳句』桜楓社　１９６５

◆山口青邨『明治秀句』春秋社　１９６８

◆岡保生『日本の作家41　明治文壇の雄　尾崎紅葉』新典社　１９８４

◆『近代作家追悼文集成　第一巻　正岡子規・尾崎紅葉』稲村徹元監修　ゆまに書房　１９８７

◆「短歌　俳句　川柳　１０１年　１８９２－１９９２」／「新潮・10月臨時増刊」１９９３

◆大岡信「われ俳諧において鉄を嚙む——尾崎紅葉の俳句」／「図書」１９９４・２

◆岩波書店版『紅葉全集』第九巻「解題」（宗像和重執筆）および「解説」（大岡信執筆）１９９４

◆山下一海「紅葉の俳句革新」／岩波書店版『紅葉全集』第九巻月報　１９９４

◆高橋睦郎『百人一句』中公新書　１９９９

◆馬場美佳『「小説家」登場　尾崎紅葉の明治二〇年代』笠間書院　２０１１

◆堀啓子著・訳『和装のヴィクトリア文学　尾崎紅葉の「不言不語」とその原作』東海大学出版会　２０１２

◆『尾崎紅葉事典』山田有策・木谷喜美枝・宇佐美毅・市川紘美・大屋幸世編　翰林書房　２０２０

◆岸本尚毅『文豪と俳句』集英社新書　２０２１

初句索引

あ行

か行

さ行

季語索引

著者略歴

高山れおな（たかやま・れおな）

1968年、茨城県生まれ。俳人。「豈」「翻車魚」同人。朝日俳壇選者。句集に『ウルトラ』（第4回スウェーデン賞）、『荒東雑詩』（第11回加美俳句大賞）、『俳諧曾我』、『冬の旅、夏の夢』。評論に『切字と切れ』。共編著に『新撰21』、『超新撰21』。

連絡先　leonardohaiku@gmail.com

発　行　二〇二三年一月一〇日　初版発行
著　者　高山れおな© Reona Takayama
発行人　山岡喜美子
発行所　ふらんす堂
〒182-0002　東京都調布市仙川町一―一五―三八―2F
TEL（〇三）三三二六―九〇六一　FAX（〇三）三三二六―六九一九
URL http://furansudo.com/　E-mail info@furansudo.com

尾崎紅葉の百句

振　替　〇〇一七〇―一―一八四一七三
装　丁　和　兎
印刷所　創栄図書印刷株式会社
製本所　創栄図書印刷株式会社
定　価＝本体一五〇〇円＋税
ISBN978-4-7814-1521-5　C0095 ¥1500E
乱丁・落丁本はお取替えいたします。